CATALOGUE

D'UNE

NOMBREUSE COLLECTION

D'ESTAMPES

ET DESSINS,

D'ENVIRON 30,000 PORTRAITS,

DE

TABLEAUX ET CURIOSITÉS,

Composant le Cabinet de M. VILLENAVE,

EN SON DOMICILE,

Rue de Vaugirard, N. 84,

Vente le 14 Juin & jours suivants.

———

EXPOSITION PUBLIQUE

Le Dimanche 15 Juin, de midi à 5 heures, et le matin de chaque
vacation.

—◦—❀—❀—◦—

PARIS

IMPRIMERIE ET LITHOGRAPHIE DE MAULDE ET RENOU,
Rue Bailleul, 9 et 11, près du Louvre.

1847

V

CATALOGUE

D'UNE NOMBREUSE COLLECTION

D'ESTAMPES ET DESSINS

ANCIENS,

DES MAITRES DE TOUTES LES ÉCOLES,

DE PORTRAITS

de Personnages français et de tous les autres Pays,

AU NOMBRE DE PLUS DE 30,000,

**d'une série d'Estampes de Peintres et Graveurs français,
de la fin du XVIIIe siècle,**

DE TABLEAUX

ET PORTRAITS HISTORIQUES,

ET DIVERS OBJETS DE CURIOSITÉ, MARBRES ET TERRE CUITE,

Provenant du Cabinet de M. VILLENAVE,

DONT LA VENTE SE FERA, PAR SUITE DE SON DÉCÈS,

Le Lundi 14 Juin 1847, *et les quatre jours suivants,*

HEURE DE MIDI,

EN SON DOMICILE,

RUE DE VAUGIRARD, N° 84,

Par le ministère de Me FROSMONT , Commissaire-Priseur,
rue du Dauphin, 10,

Et son confrère Me MICHON, rue Louis-le-Grand, 27,

Assistés de M. DEFER, ancien marchand d'Estampes,
quai Voltaire, 19,

Et de M. THERET père, *expert*, rue des Saint-Pères, 38.

CHEZ LESQUELS SE DISTRIBUE LE PRÉSENT CATALOGUE.

EXPOSITION PUBLIQUE

Le Dimanche 13 Juin, de midi à cinq heures, et le matin de
chaque vacation, de 10 heures à midi.

PARIS

IMPRIMERIE ET LITHOGRAPHIE DE MAULDE ET RENOU,
Rue Bailleul, 9 et 11, près du Louvre.

1847

AVERTISSEMENT.

La Collection, dont la vente nous est confiée, a été formée dans le but historique de réunir une vaste iconographie française depuis les premiers temps de la monarchie jusqu'au temps présent, et aussi une histoire de l'art en France. Cette Collection se compose de plus de 20,000 portraits ; une partie s'y trouve classée sous les noms des graveurs, parmi lesquels on remarque *Léonard Gaultier*, *Thomas de Leu*, *Michel Lasne*. Les suites des *Montcornet*, *Boissevin* et *Daret*, et quantité de morceaux de graveurs français des seizième et dix-septième siècles qui forment la deuxième partie du catalogue, décrite sous les numéros 261 à 407, à laquelle se trouvent joints les portraits étrangers du n° 408 à 440.

La première partie est composée de *tableaux, portraits historiques, dessins et estampes* qui représentent l'art en France et dans les autres pays, ces divers objets décrits du n° 1 à 260 ; aussi d'une collection topographique des villes de France du n° 458 à 468, et des objets de curiosités ayant aussi un caractère historique.

Le nombre de pièces étant souvent considérable dans chaque lot, il pourra être divisé selon que l'intérêt de la vente semblera le demander. Nous ne l'avons pas annoncé à chaque article, pour éviter une redite continuelle.

ORDRE DES VACATIONS.

1re VACATION, *Lundi 14 Juin*.

Dessins encadrés . . . . n° 27 à 54.
Tableaux . . . . 1 à 26.
Curiosité . . . . 477 à 516.

2me VACATION, *Mardi 15 Juin*.

Dessins encadrés. . . . . n° 56 à 82.
Dessins en feuilles. . . . . . . 83 à 151.

3me VACATION, *Mercredi 16 Juin*.

Estampes et dessins. . . . . . . n° 152 à 219.
Estampes de l'école française . . 220 à 243.

4me VACATION, *Jeudi 17 Juin*.

Peintres et graveurs étrangers n° 244 à 260.
Portraits par des graveurs français 261 à 319.
Topographie . . . . 458 à 470.
Estampes diverses . . . . 471 à 476.

5me VACATION, *Vendredi 18 Juin*.

Portraits français et étrangers, n° 320 à 457.

La vente de la nombreuse bibliothèque de
M. VILLENAVE suivra immédiatement celle de objets
d'art.

Conditions de la Vente.

Elle sera faite au comptant.

Les adjudicataires paieront en sus des adjudica-
tions, 5 pour cent applicables aux frais.

DÉSIGNATION SOMMAIRE.

TABLEAUX.

1 — *Van Eyck*. Philippe le Bon, duc de Bourgogne. Curieux tableau sur bois.

2 — *Du même*. Jean, duc de Bourgogne.

3 — *Holbein*. Portrait de Thomas Morus. Tableau sur cuivre.

4 — Portrait d'un personnage du quinzième siècle. Curieux tableau sur bois ; un monogramme inconnu se voit en haut à droite.

5 — Ancien portrait de femme du seizième siècle, présumé la belle Féronnière. Dans le haut de ce curieux tableau, l'écusson aux trois fleurs de lis et la date de 1544 ; il est sur bois.

6 — Tête de la belle Féronnière. Ancien tableau.

7 — Portrait de Rabelais. Ancien tableau.

8 — *Janet*. Portrait d'homme. On lit sur le tableau : *Lndovicus Sammarthanus Scævolæ* F. 1624. *An. Æ.* 52.

9 — *Ecole française.* Messire Martin Ruzé, chevalier de Beaulieu, âgé de 83 ans.

10 — Portrait de Henri IV.

11 — Tableau sur cuivre représentant saint François de Sale, évêque de Genève.

12 — Portrait de Madame de Montespan.

13 — *Perrault 1715.* Portrait de Cromwell.

14 — *Mignard.* Portrait de Colbert.

15 — *Du même.* Portrait de Madame de Sevigne. Ce portrait intéressant est celui qui a servi pour lithographier dans l'iconographie française, publiée par la maison Delpech.

16 — *Du même.* Portrait de Madame de la Vallière.

17 — *Philippe de Champagne.* Portrait d'Arnauld.

18 — *Lefebvre.* Portrait de Turenne.

19 — *Rigaud.* Portrait de Louis Dauphin.

20 — *Miniature.* Portrait de Louvois.

21 — *Claude le Lorrain* (attribué à). Riche paysage de style; à droite un beau massif d'arbres, à gauche un lointain en avant duquel est un pont conduisant à des ruines; au premier plan deux figures. Bon tableau d'une couleur chaude et dorée.

22 — *Grimaldi dit le Bolognèse.* Très beau paysage historique, rappellant le Guaspre Poussin auquel il a été attribué. Ce tableau a été gravé en Angleterre par *Goupy* sous le titre de *Castel Gandolpho.*

23 — *École française.* Le souper d'Auteuil.

24 — *Weughel.* Bussi Leclerc conduit le Parlement à la Bastille; époque de la Ligue.

25 — *École allemande.* Trois figures de saintes à mi-corps. Tableau sur cuivre.

26 — Un fumeur, genre de *Teniers.*

DESSINS ENCADRÉS.

École italienne.

27 — *Raphaël Urbin.* Composition de ce maître.

28 — *André del Sarte.* Tête de moine. Dessin au crayon.

29 — *André Sacchi.* Une tête à la sanguine.

30 — *Becafumi.* Etude, dessin à la plume au bistre.

31 — *Dominiquin.* Martyre de saint Etienne.

32 — *Zuccharo.* Réunion de seigneurs italiens du seizième siècle. Beau dessin à la plume lavé à l'indigo.

33 — *Du même.* Canonisation d'un saint.

34 — *Pordenon.* Christ présenté au peuple.

35 — *Mutien.* Saint Jérôme.

36 — *Manfredi.* Présentation au temple.

37 — *Carle Maratte.* Dessin à la sépia.

38 — *Ciro Ferri.* Un dessin.

37 — *Feti.* Assomption de la Vierge.

40 — *Ghezzi.* Dessin à la plume.

41 — *Grimaldi Bolognèse.* Dessin à la plume.

42 — *Proccacini.* Un dessin.

43 — *Tiepolo.* Etude d'homme à la sanguine.

44 — *Cambiaso dit le Cangiage.* Sainte Famille.

Ecole des Pays-Bas.

45 — *Echard.* Quatre dessins dans un même cadre.

46 — Un dessin à la plume. Scène familière.

47 — Un dessin.

48 — *Bibienna.* Dessin d'architecture.

49 — *Brauwer.* Intérieur d'une chambre hollandaise. Dessin au bistre.

50 — *Van-Bergen.* Mouton couché. Dessin colorié.

51 — *Quellinus.* Hersé et ses compagnes sortant du temple de Minerve.

52 — *Wouvermans.* Composition de ce maître représentant un mangée. Dessin à la plume.

53 — *J. Jordaens.* Nativité.

54 — *Rottenhamer.* Deux dessins. Jugement de Paris et Neptune et Amphytrite.

Ecole française.

56 — Un cadre contenant quatre miniatures et dessins. François Ier et sa femme, un Christ et saint Roch.

57 — *Sevin 1670.* Miniature représentant le tombeau de Gaston de Foix, duc de Nemours, tué à Ravennes en 1512. Cette curieuse et très belle miniature a un peu souffert.

58 — *Jean Goujon* (d'après). Un dessin par Bugmy en 1647.

59 — *Lesueur*. Dessin au crayon et rehaussé.

60 — *Lesueur* (d'après). Résurrection du docteur Raymond.

61 — *Puget*. Une femme vue en pied tenant un vase. Dessin à la plume.

62 — *Bernard Picart*. Esther et Assuérus. Dessin lavé à l'encre, du cabinet de C. Boissi.

63 — *Perelle*. Deux dessins, paysages, à la plume et au bistre.

64 — *Du même*. Deux dessins à la plume.

65 — *Coypel*. Tête d'ange. Dessin à la sanguine.

66 — *Parrocel*. Deux batailles.

67 — *Boucher*. Nativité. Esquisse sur papier.

68 — *Desportes*. Un renard. Dessin colorié.

69 — Trois dessins par *Marillier* et *Leclerc*.

70 — Trois dessins par *Cochin*.

71 — *Houel 1775*. Trois figures pastorales.

72 — *Vien*. Adoration des bergers.

73 — *Vincent 1772*. Judas reçoit le prix de sa trahison.

74 — *Carême*. Danse de femmes. Dessin sur papier bleu rehaussé de blanc.

75 — Bouquet de fleurs à la gouache, par Mademoiselle *Beau Mari*, chanteuse à l'Opéra en 1772.

76 — *Lantara*. Paysage.

77 — *Sweback*. Un dessin à la plume et lavé.

78 — *Duplessis Bertaux*. Deux dessins à la mine de plomb, représentant des portraits de Racine, Boileau, Voltaire et autres littérateurs célèbres.

79 — *Denon*. Bataille en Egypte. Dessin.

80 — Paysage avec ruine. Gouache.

81 — Deux fixés paysages et une gouache.

82 — Un dessin indien colorié.

DESSINS EN FEUILLES.

Ecole italienne.

83 — *Raphaël*. Deux hommes, les mains derrière le dos, qui se trouvent dans la descente des Sarrasins au port d'Ostie. Dessin à la sanguine.

84 — Un dessin à plusieurs crayons. Portrait de Paul III, pape, attribué au Titien.

85 — Cinq dessins par *César d'Arpino*, etc., dont Alexandre Farnèse.

86 — Cinq dessins à la plume au bistre et à la sanguine du *Guerchin*. Etudes pour un massacre des innocents.

87 — Neuf dessins, Cangiage, Carrache, Ribera, Benédette, etc.

88 — Cinq dessins. Etude à la plume par A. Carrache, étude à la sanguine par Cantarini, etc.

89 — Trois dessins du Baroche. Etude de tête à
plusieurs crayons, tète de satyre, étude
pour une sainte Famille, etc.

90 — Huit dessins à la plume, au crayon et à la
sanguine. Portraits de papes et autres
personnages, par Léoni et autres artistes.

91 — Dix dessins à la plume et au bistre par
Bibienna, Della Bella, etc.

92 — A à J. Soixante-cinq dessins : Albane, Ban-
dinelli, Bassan, Bernin, Bolognèse, Can-
giage, Campagnola, Cantarini, da Carpi,
les Carrache, Chiari, Cignani, Cigoli,
Cipriani, Ciro Ferri, Corrado, Corregio,
Dominiquin, Fialetti, Gabianni, Franco,
Giordano, Jules Romain, Guerchin,
Guido Reni, Jolepin, etc.

93 — L à W. Laufranc, Lagno, Maratte, Michel-
Ange (études à la plume), Mola, Parmesan, P. de Cortonne, Polidor, Porme-
rance, Primatice, Salimbeni, André del
Sarto, Schidone, Testa, Tiépolo, Vani,
etc.

Etole des Pays-Bas.

94 — Cinq dessins par Rembrandt. Paysages.
Abreuvoir d'animaux, Samson et Dalila,
l'ange apparaît à Abraham, etc.

95 — Cinq dessins. Etudes au crayon et à la sanguine par Waterloo.

96 — Six dessins : Monpré, Van der Ulf, Schovaert,
G. Van de Velde, etc.

97 — Trois dessins. Etudes de béliers et autres
animaux par Berghem et Van der Doës.

98 — Trois dessins au crayon. Etudes de moutons
par Berghem.

99 — Huit dessins : André Both, Gonzalès Coques,
Fokke 1718, Van Falens, etc.

100 — Huit dessins : Diepenbeck , Maës, Van der
Meulen, Porbus, etc.

101 — Un dessin sur vélin par Mieris.

102 — Huit dessins : Bramer, Brauwer , Herms-
kerck, Vrogelinck, 1610, etc.

103 — Six dessins : Metzu, Greber 1627 , Quellinus, Sallaert, etc.

104 — Quatre dessins, dont une tête par Holbein,
et dessin d'un personnage flamand, 1603.

105 — Deux dessins. Tête de mort, dessin à la
plume sur papier bleu par Albert Durer ;
Tête par Lucas de Leyde.

106 — Paysages, animaux. Huit dessins par Beres-
traeten, Roos, Bisschop , Hympel, Baudouin 1792.

107 — A à G. Trente-deux dessins : Asselin, Backui-
sen , Berghem, Bloemaert, Breemberg,
Breughel, Diepenbeck, etc.

108 — L à W. Trente-trois dessins : Lairesse,
Meyer, Miel, Molyn , Quellinus, Roos,
Rubens, Rugendas, Teniers, Van der
Meulen, Van Dyck, Van Goyen, Weir-
roter, etc.

Ecole française.

109 — Un ancien dessin à l'aquarelle sur vélin. Portrait de Henri II.

110 — Vingt-huit dessins: Le Brun, Lesueur, Coypel, etc.

111 — Sept dessins. Etudes de têtes et portraits par Rigaud, Coypel, etc.

112 — Quatre dessins. Etudes et tête de femme par Rigaud, Parrocel et St.-Aubin.

113 — *Parrocel.* Douze dessins à la sanguine.
Du même. Trente-trois dessins.

Dessins de Watteau.

114 — Deux dessins sur une feuille, tête d'homme et tête de femme, à plusieurs crayons. Joli dessin par Watteau.

115 — Un dessin, étude de jeune fille assise à terre. Etude à plusieurs crayons par Watteau.

116 — Un dessin, étude de femme en pied. Etude à plusieurs crayons.

117 — Un dessin, tête de jeunes garçons. Etude à la sanguine.

118 — Trois dessins à la sanguine. Jeux d'enfants et paysage par Watteau.

119 — Trois dessins à la sanguine et à plusieurs crayons par Watteau.

120 — Quatres dessins. Etudes de femmes, d'hommes et soldats, à la sanguine et au crayon par Watteau.

121 — Cinq dessins. Etudes d'homme et de Mezzetin à plusieurs crayons par Watteau.

122 — Cinq dessins. Etudes à divers crayons, école de Watteau.

123 — Deux dessins lavés à l'encre et rehaussés, par Pierre, le Sicilien et don Japhet d'Arménie.

124 — Vingt-neuf dessins. Eisen, Fragonard, Fachot, etc.

125 — Etudes diverses par Ango, et études d'architecture par Roubo.

126 — Treize dessins par Robert.

127 — Dix-neuf dessins, par Bouchardon et Roettiers.

128 — Cinq dessins. Sainte Famille, par Oudry; Perrette et le pot au lait, par Suché, en 1777, et divers costumes, etc.

129 — Trois dessins, par Le Paultre et Moitte, 1781.

130 — Deux dessins à la sanguine, par Théaulon. Femmes couchées.

131 — Seize dessins. Largillière, Boucher, Saint-Aubin, Aubry, etc.

132 — Vingt dessins. Portraits au crayon, par Pujos, Cochin, etc.

133 — Cinquante et un dessins. Etudes académiques à la sanguine et au crayon, par Verdier.

134 — Deux dessins à plusieurs crayons. Têtes de jeune garçon, par Lépicié et Courtin.

135 — Seize dessins. Cochin et autres artistes.

136 — Un portefeuille contenant quarante grands dessins de Lafage, Larue et autres maîtres français au dix-huitième siècle.

137 — A à F. Vingt-trois dessins. Bertaux, Bouchardon, Bourdon, Brebiette, Callot,
Coypel, Echard, etc.

138 — Sept dessins. Etudes de têtes à plusieurs
crayons.

139 — Quinze dessins au crayon. Portraits de
femmes, par Jeaurat et autres artistes du
dix-huitième siècle.

140 — Cinq dessins. Portraits, dont celui de Franc-
klin, etc.

141 — Sept dessins et esquisses. Portraits historiques.

142 — Huit dessins. Personnages divers des dix-
septième et dix-huitième siècles.

143 — Dix-huit dessins. Portraits, à plusieurs
crayons, lavés à l'encre, etc.

144 — Vingt-cinq dessins à la plume et à la sanguine. Portraits du pape Pie VII, de Ca-
nova, etc.

DESSINS PAR DIVERS ARTISTES.

145 — Vingt et un dessins par divers artistes.
Paysages et marines, lavés à l'encre, et
à plusieurs crayons.

146 — Un portefeuille contenant quarante-huit
dessins au crayon, à la plume, etc.
Paysages, sujets, têtes, etc.

147 — Costumes par Vincent; dessins par Delo-
   bel, etc. Plusieurs dessins dans un portefeuille.

148 — Un volume in-folio contenant cent vingt
   pièces. Etudes d'arabesques et d'ornements de tous genres, à l'encre, au bistre
   et coloriées, dans le goût de Perin del
   Vage, Jean d'Udine, Berain, Le Paultre,
   Lavallée-Poussin, etc.

149 — Un volume de dessins, études de figures,
   paysages, bas-reliefs antiques, par divers
   artistes du siècle dernier.

150 — Un portefeuille contenant cent vingt-cinq
   dessins, vues et monuments de Rome et
   autres villes d'Italie, par A. Carrache,
   S. Bourdon, Chancourtois, Chatelet, Natoire, Robert, Valencienne, Lavallée-
   Poussin, etc.

151 — Deux petits portefeuilles contenant l'un
   quarante-huit, l'autre quatre-vingt-trois
   dessins de divers maîtres.

Répertoire d'Artistes français et étrangers de
toutes les Ecoles, Peintres, Graveurs,
Sculpteurs et Architectes. Estampes gra-
vées par eux et d'après eux, et dessins qui
leur sont attribués; classés alphabétique-
ment et dans des boîtes.

Ecole française.

152 — A. Boîte contenant cent trente-six estampes.
   Les Audran, Aliamet, Aveline, d'Agin-
   court, Auroux, etc.

153 — B. Boîte n. 1. Cent quatre vingt douze estampes et dessins. Berain, Baptiste, Be-
nard et Bertaux, etc.

154 — B. Boîte n. 2. Soixante-treize pièces. Vases,
statues, etc., d'après Bouchardon, par
de Caylus.

155 — B. Boîte n. 3. Deux cent soixante estampes
et dessins, dont par Boucher cent soixante-
douze et trois dessins, son éloge et sa
vie. — Par Bon Boulogne, Boulanger,
Bourdon, Bounieu, Brebiette, Breteuil,
Briard, Brenet, etc., etc.

156 — C. Boîte n. 1. Deux cent soixante pièces,
par et d'après Callot, Caresme, etc., et
quelques dessins.

157 — C. Boîte n. 2. Deux cent soixante-cinq estampes et dessins. Cazes, Chalgrin, Caylus, cent trente pièces; Champagne, Cha-
peron, Chanteau, Chardin, Chauveau, etc.

158 — C. Boîte n. 3. Jean Cousin, Coustou, les Coypel et quantité de vignettes des Cochin,
et quelques dessins.

159 — C. Boîte n. 4. Cent vingt estampes et dessins. Chauveau, suite des Métamorphoses
d'Ovide; Clermont, Clérisseau, Chedel,
etc.

160 — D. Boîte n. 1. Cent dix-sept pièces, estampes
et dessins d'André Bardon, Desfriches,
d'Orléans, Dehays, Demarne, etc.

I

161 — D. Boîte n. 2. Cent quarante estampes et
dessins. Dieu, Drouais, Drolling, Duvi-
vier, etc.

162 — E. F. Boîte. Deux cent quatre-vingts estampes et dessins, Edelinck, Eisen, un grand
nombre de vignettes; Favanne, Fragonard, vingt-trois pièces; Fessard, Flip-
part, Forty, etc., etc.

163 — G. Boîte n. 1. Cent trente estampes et quelques dessins. Léonard Gaultier, Jean
Goujon, Gillot, etc.

164 — G. Boîte n. 2. Gravelot. Huit dessins et
quantité de vignettes d'après lui; Greuze,
vingt-quatre pièces, dessins et estampes;
Guerin, Grivaud de la Vincelle, etc.

165. — H. Boîte n. 1. Deux cent vingt estampes et
dessins. Hutin, Hilaire, Huquier, Huet,
Houasse, etc.

166 — I. J. K. Boîte. Estampes et dessins. Julien,
Jeaurat, Janinet, Kindinger, dessin de
Jouaillerie, Joullain, divers catalogues de
lui.

167 — L. Boîte n. 1. Deux cents estampes et dessins. Lancret et son éloge; Lallemand,
vingt-cinq dessins; La Live de Jully, La
Joue, Lagrenée, La Hyre, La Haye, Lafage, Lafosse, Laferté, etc.

168 — L. Boîte n. 2. Deux cent vingt-huit estampes et dessins. Larue, soixante-trois dessins; Lavallée-Poussin, Lavaux, Le Bas,
Le Barbier, Lawreince, La Vieuville, etc.

169 — L. Boîte n. 3. Cinquante pièces, d'après Le
Brun, dont les quatre heures du jour, à
l'eau-forte; Leclerc; cent pièces environ
des Métamorphoses d'Ovide et quelques
dessins.

170 — L. Boîte n. 4. Deux cent trente-cinq estampes. Lesuéur, Loir, Le Paultre, Le Paon,
Lemoine, Lelu, Legillon, Leclerc, Le-
prince, Levachez, etc.; plus quinze dessins de ces divers maîtres.

171 — M. Boîte n. 1. Deux cent soixante-quatorze
estampes et dessins. Manglard, Mariette,
Marot, Mauperché, Masson, Mariller, Ma-
chy, etc.

172 — M. Boîte n. 2. Trois cent deux estampes et
dessins. Monnet, Moitte, Michau, Moreau
le jeune, etc.

173 — N. O. Boîte n. 1. Estampes et dessins de
Nanteuil, Natoire, Norblin, Oudry,
Ozanne, etc.

174 — P. Boîte. Cinquante-sept estampes et dessins. Patel, Parrocel, Paillot, Paris,
Payen, Parizeau, Patte, Pauquet, etc.

175 — P. Boîte n. 2. Deux cent cinquante estampes et dessins. Peyron, cent cinq dessins, quatre eaux-fortes et le catalogue
de sa vente. Pérignon, Jean et Bernard
Picart, Picot, Pêcheux, etc.

176 — P. et Q. Boîte n. 3. Cent cinquante estampes
et dessins. Poussin, Puget, Pierre, Pille-

ment, Prud'hon, etc., et cinquante-quatre
piéces par Queverdo.

177 — R. Boîte n. 2. Cent vingt-neuf estampes et
dessins. Regnesson, Rabel, Rivalz, Rigaud, Rousselet, Restout, etc.

178 — s. Boîte. Trois cent vingt estampes et dessins. Subleyras, Slodtz, Silvestre, Sa-
blet, Saint-Non, Salembier, Saint-Aubin,
etc.

179 — T. Boîte. Cent douze estampes et dessins.
De Troy, Tremolière, Thomassin, Théaulon, Taunay, Tardieu, etc.

180 — w. Boîte n. 1. Cent douze estampes et dessins. Wille père, des eaux-fortes et quelques dessins, et Wille fils, quelques dessins; Vicar, de Wailly, Watelet, quarante-deux estampes et dix dessins.

181 — w. Boîte n. 1. Quatre vingts gravures d'a-
près Watteau.

182 — w. Boîte. Cette boîte renferme des notes
imprimées et manuscrites sur divers
peintres, sculpteurs, architectes et graveurs ; académies, etc.

PEINTRES ÉTRANGERS.

Ecole italienne.

184 — B. Boîte. Estampes et dessins. Bandinelli,
Buonaroti (Michel-Ange), Bibienna, Della
Bella, etc.

185 — c. Boîte. Les Carrache, cent dix pièces, estampes et dessins; Corrége, Caravage,
Cigoli, Calabrèse, etc. Cent trente-trois
pièces, estampes et dessins.

186 — g. Boîte. Guido Reni, dix-neuf dessins et
trente-quatre eaux-fortes de lui et son
école; Guerchin, Ghezzi, etc.

187 — a à z. Cent quatre vingts pièces, dont un
grand nombre d'après Raphaël, Vasari,
etc., et plusieurs dessins.

Ecole des Pays-Bas.

188 — b. Quatre-vingts pièces gravées par et
d'après Berghem, Bloemaert, etc. —
Quelques dessins attribués à ces maîtres.

189 — b. Quatre-vingts pièces gravées, d'après
Paul Brill, Bol, Breughel, etc. — Quelques dessins de ces maîtres.

190 — c. Vingt-cinq pièces gravées, d'après Cuyp,
Crayer, Cort, et quelques dessins.

191 — d. Cinquante-six pièces, d'après Duncker,
Dusart, et quelques dessins.

192 — e. f. g. h. j. Cent pièces gravées, d'après
Glauber, Fouquier, Franck, Van Goyen,
Jordaens, etc. — Quelques dessins.

193 — f. *Flamen.* Dix eaux-fortes, oiseaux, et
seize dessins, paysages, vues de châteaux.

194 — k. Kobell. Dix-neuf paysages à l'eau-forte,
et soixante-dix-sept dessins.

195 — L. Trente pièces gravées par et d'après Latsman, Lombart, Livens, etc., et quelques dessins.

196 — M. Quarante-cinq pièces gravées, d'après Metzu, Mieris, Miel. etc., et quelques dessins.

197 — P. Quarante-neuf pièces gravées, d'après Nestcher, Poelemburg, Quellinus, etc. — Quelques dessins attribués à ces maîtres.

198 — R. Soixante-cinq pièces par et d'après Rembrandt et Rubens. — Quelques dessins attribués à ces maîtres et leurs écoles.

199 — R. Cinquante-quatre pièces gravées par Reclam, Ridinger, etc. — Dessins de Ruisdaël, Rugendas, Rooz.

200 — S. Quatre-vingt-douze pièces gravées par les Sadeler, Seeman, Savry, Schenck, etc. — Dessins par Savry, Saftleven, etc.

201 — T. Cinquante-quatre pièces, d'après Téniers, Thulden, Troost, etc.—Quelques dessins au crayon par Téniers.

202 — V. Cent vingt-sept pièces gravées par et d'après Van Ostade, Van Kessel, Van der Meulen, Van der Ulft, Van der Neer, Van Dyck, et plusieurs dessins de ces maîtres.

203 — Y et W. Cent huit pièces, par et d'après Waterloo, de Wael, Verschuring, de Vos, et quelques dessins.

204 — V. et W. Cent quarante pièces, par et d'a-

près Weirotter, Th. Wyck, et quelques dessins.

205 — v. et w. Soixante-dix pièces, d'après Ph. Wouwermans, et aussi des artistes inconnus.

206 — y. z. Quarante pièces, estampes et dessins, par Zeeman, Zing, etc.

207 — *Ecole allemande, flamande et hollandaise.* Deux cent trente-six pièces par divers artistes, de la lettre a à la lettre v.

208 — Quarante-trois dessins de ces mêmes artistes.

209 — *Ecole allemande et flamande.* Cent quarante-huit estampes et dessins. Mander, Meyssem, Sadeler, etc.

SUPPLÉMENT AUX DIVERSES ÉCOLES.

ESTAMPES ET DESSINS.

210 — a à l. Cent pièces. Boticelli, Giordano, Gabiani, Fialetti, Guinta Pisano, etc. De ce nombre, cinquante-sept dessins, dont deux anciens sur vélin, attribués à Boticelli et Pisano, provenant du cabinet La Goy.

211 — D. Trente-huit pièces gravées d'après le Dominiquin, et quelques dessins.

212 — M. Quatre-vingt-onze pièces. Murandi, Mutiano, Maratte, etc. De ce nombre, quarante-sept dessins.

213 — N à P. Cent soixante-quatre pièces. Passaroti, Pomerance, Palmè, Parmesan, Parigi, Panini, etc. De ce nombre, cinquante-deux dessins.

214 — R. Soixante-onze pièces d'après Raphaël, et quinze dessins. — Quarante-trois pièces d'après Raimondi, Rosa, Rusconi, etc., dont quinze dessins.

215 — S. Soixante-deux pièces. Salembeni, Schidone, Spada, etc. De ce nombre, quinze dessins.

216 — T. Cent quatre-vingt-douze pièces. Titièn, Tintoret, Tiepolo, Tempette, Testa, Tassi, etc. De ce nombre, vingt-cinq dessins.

217 — V à Z. Soixante-quatre pièces, d'après Vasari, Vanni, Vacaro, Véronèse, Villamena et Zucchero. De ce nombre, vingt et un dessins.

218 — *Ecole française.* Peintres et graveurs, de la lettre A à Z. Cent cinquante pièces gravées par et d'après divers maîtres. De ce nombre, cinquante-sept dessins.

219 — *Peintres et graveurs anglais.* Soixante-dix-neuf pièces, dont quelques dessins.

ESTAMPES GRAVÉES

D'APRÈS DES PEINTRES ET PAR DES GRAVEURS FRANÇAIS
DU XVIe ET XVIIIe SIÈCLE.

220 — *Léonard Gauttier.* Les Cyclopes, gravés d'a-
près Jean Cousin, en 1581. Rare.

221 — *Ecole française.* Six pièces gravées par
Pesne dont Saphire, avant l'adresse,
autres par Pitau, Baudet, etc.

222 — *Oudry.* Deux chasses à l'eau-forte; n. 3 et 4
du Catalogue. Epr. avant les numéros.

223 — Ornements, arabesques, plafonds, etc., d'a-
près Bérain, par Dolivar et d'Aigremont.

224 — Ornements arabesques. Treize pièces par
Gillot.

225 — *Ecole française.* Brebiette, Baptiste, Coypel,
etc. Dix-huit pièces.

226 — *Ecole française, dix-huitième siècle.* Dix-sept
pièces, d'après Coypel, Lancret, Eisen,
Cochin, Le Bas et Watteau.

227 — Trente-six pièces d'après Raoux, Grimoud,
Ch. et N. Coypel, Beauvais, Baudouin,
Courtin, Caresme, Santerre, Saint-Au-
bin, Alloux, Restout, etc.

228 — Place Maubert et les halles de Paris; portraits de Desporte, de La Roque et Dan-
val, de la Comédie française. Cinq pièces
d'après Watteau, Lancret, Jeaurat et
Desporte.

229 — Grandes fêtes chinoises. Six pièces d'après Boucher.

230 — Sujets gracieux d'après Aubert, Jeaurat, S. Leclerc, Lunaud, J. de Lyon, Le Prince, De Troye, Dumesnil, Metay, Moreau le jeune, Falconet, Nicolet, Bertaux, etc. Trente-cinq pièces.

231 — *Prud'hon.* L'adresse de Merlen, graveur de pierres fines, et l'adresse de V. Merlen, orfèvre. Ces deux pièces gravées par Roger. Très rare.

232 — *Ecole française.* Soixante-dix estampes, sous la lettre L.

233 — Quinze pièces d'après Lancret.

234 — Quatre-vingt-quatorze pièces, de la lettre L à O.

235 — *Chardin.* Dix-neuf pièces d'après ce maître.

236 — Douze pièces d'après Chardin et Paterre.

237 — *Chevillet, graveur au burin.* La Marchande d'oranges, Réprimande maternelle, la jeune Anglaise, Eugénie, etc. Soixante-sept pièces d'après Baader, Peters, etc. —*Du même.* Portrait de Chardin, du duc de Chartres, etc.

238 — *Wille.* Le petit Ecolier et la Maîtresse d'école, deux pièces d'après Schenau ; la Tante de Gérard Dow, d'après ce maître. Trois pièces, la dernière avant la lettre.

239 — *Ecole française, dix-septième et dix-huitième siècles.* Trente et une pièces.

240 — Mœurs, costumes et scènes diverses de la
        Chine. Trois cents pièces gravées d'après
        Watteau, Boucher, Pillement, Saint-Au-
        bin, etc., etc.
241 — *Ecole française au dix-huitième siècle.* Vingt
        et une pièces.
242 — *Ecole française.* Cent neuf pièces.
243 — Daphnis et Chloé, d'après M. Hersent, par
        M. Laugier.

ESTAMPES

D'APRÈS DES PEINTRES ET PAR DES GRAVEURS ÉTRANGERS,

ITALIENS, ALLEMANDS, FLAMANDS ET HOLLANDAIS.

244 — *Ecole italienne.* Vingt-six pièces d'après les
        Carrache, Albane, C. Maratte, etc., etc.
245 — Vingt-six pièces d'après Titien, Tintoret,
        P. Véronèse, etc.
246 — Sainte-Famille. Deux pièces d'après le Cor-
        rège.
247 — Christ mort, de Ribera, et deux pièces,
        par Le Padouan et Galestruzi.
248 — *Morghen.* La Vierge et l'Enfant Jésus, d'a-
        près Rubens. Épreuve avant la lettre.
249 — *Ecole flamande.* La vache qui s'abreuve,
        la bergère à cheval, par *Berghem;* une
        pièce de la suite des satyres, par *Sua-*

newelt; le violon assis et la fête du village, par *Du Sart.* Quatre pièces à l'eau-forte.

250 — *Van Haeften.* Trois paysans à une croisée : deux tiennent chacun une pipe, le troisième un verre ; sur la muraille un chapeau. Un homme assis tient une cruche sur ses genoux, et une pipe de la main gauche. Deux pièces.

251 — *Hollar.* Le Giorgion, Aldegrever, V. de Helle, Chambert, etc.

252 — Cinq pièces d'après Berghem.

253 — Trente-trois pièces gravées d'après Terburg, Ostade et autres maîtres hollandais.

254 — Quarante pièces gravées d'après Peters Schenau, Norblin, etc., etc.

255 — *Rembrandt* (D'après). Treize pièces gravées à la manière noire.

256 — *Suyderoëff.* Les trois commères, d'après Ostade. Belle épreuve avant les angles gravée pour la rendre carrée.

257 — Trente-trois pièces d'après Rubens et Van-Dyck.

258 — Seize pièces par des graveurs étrangers, dont portraits de Charles IX, Marie Stuart, etc., par J. Aman, Matheo Florini, Vorsterman, P. de Jode, J. Gole et Vertue.

259 — Charles IX, Spinola, duc de Bourgogne, Clément IX, Charles V, etc. Huit portraits, par *Enée Vico, Suyderhoëff,* Pontius, Muller, etc.

260 — *Ecole des Pays-Bas.* Paysages, par divers maîtres.

———o-◉-o———

2ᵉ PARTIE DU CATALOGUE.

———•◦•———

Portraits, Sujets historiques et topographiques.

PORTRAITS DE PERSONNAGES FRANÇAIS, GRAVÉS PAR DES ARTISTES FRANÇAIS.

261 — *Vocriot.* François d'Agousto, 1554. Plus un portrait de Rabelais pour ses œuvres publiés en 1651.

262 — Henri III représenté en pied, couvert d'une armure, dans une bordure surmontée des armes de France. Cette pièce, sans nom de graveur, tient de la manière de *René Boivin.* Autre portrait de Henri III, à mi-corps, pour les hommes illustres de Thevet.

263 — *Léonard Gaultier.* L'Hopital, Pierre Camus, duc de Mercœur, Marie de Médicis, de Gondy, Ronsard, Amyot, duc d'Epernon, Pierre de Besse, etc. Vingt-neuf portraits, plusieurs d'après Dumoustier.

264 — *Thomas de Leu.* Portrait de Henri IV dans un monument architectural; au bas la bataille de Fontaine, gravée en 1596 d'après Fornazeris. Très belle et rare épreuve.

265 — *Thomas de Leu.* François Ier, Charles IX,
      Louise de Lorraine, Bouillard, Charon,
      Caron, peintre, et autres personnages
      seigneurs de la cour de Henri III et celle
      de Henri IV. Trente-cinq portraits.

266 — Portraits de Henri II, Henri III et Henri IV,
      par Thomas de Leu, Léonard Gaultier,
      Montcornet et autres. Vingt-sept pièces.

267 — Charles IX gravé en 1574, à l'âge de quinze
      ans; autres portraits français gravés par
      Jac. Grandthôme, Gaspard Isaac, C. de
      Malery, A. Jacquard, Fornazeris, Taver-
      nier, A. Vallée, 1585, etc. Vingt-sept
      portraits, plusieurs d'après Dumoustier.

268 — Vingt et un différents portraits de Louis XIII
      gravés par Léonard Gaultier, 1615; J.
      Briot, 1618; J. Leclerc, Daret, 1643;
      Huret, Montcornet, et autres.

269 — *Callot.* Louis XIII et le duc de Lorraine.
      Deux pièces.

270 — *Jean Le Clerc le jeune fecit.* Portrait en pied
      de Marie de Médicis en costume de veuve.
      Au bas quatre vers, *Voicy.... I. Le Clerc
      excudit avec P. du R.* Rare.

271 — *Bosse.* Portrait de Louis XIII. Par *Falk*,
      portraits de Louis XIII et Louis XIV.
      Trois pièces.

272 — *A. Bosse.* Louis XIII et réception des cheva-
      liers du Saint-Esprit. Sept pièces.

273 — *Lasne* (Michel). Grande thèse dédiée à Richelieu, avec son portrait, d'après Le Brun.

274 — *Lasne* (Michel). Grande thèse dédiée à Richelieu, avec son portrait, d'après Diepembecke. Rare.

275 — *Lasne* (Michel). Anne d'Autriche, Mazarin, Charon, Corneille en 1644, et autres personnages de tous états du règne de Louis XIII. Plus le portrait de Michel Lasne gravé par Habert en 1700. Soixante-dix pièces in-8.

276 — *Lasne* (Michel). Louis XIII, Louis XIV enfant, Anne d'Autriche, Richelieu, Mazarin, Le Tellier, Servin, Everardi, Jabach (1) 1652.

277 — *Pesne*. Portrait de Conte, sculpteur. *Pesne pinxit et sculpsit.* Rare.

278 — *Morin*. P. Lecamus, comte d'Harcourt, Christophe et Augustin de Thou, Ch. de Valois, etc. Huit pièces.

279 — Louis XIII, Henri II, Maugis, etc.; François Ier, de Montaigne, etc. Douze pièces par Morin.

(1) Possesseur d'une collection de dessins de maîtres italiens, principalement des Carraches. Cette collection a été gravée et est connue sous le titre du cabinet Jabach ou *Recueil de 283 estampes gravées à l'eau-forte par les plus habiles peintres du temps, d'après les dessins des grands maîtres que possédait autrefois M. Jaback, et qui, depuis, ont passé dans le cabinet du Roi,* publié en 1754, gravés par Pesne, Massé et les frères Corneille, qui ont fait tous les calques des dessins pour la gravure.

280 — *Grégoire Huret.* Portraits allégoriques, Louis XIII, Seguier, grande thèse dédiée à Mazarin en 1647, etc. Dix pièces.

281 — *Ecole française XVIIe et XVIIIe siècles.* Seize pièces à l'eau-forte : N. Poussin, par *Ferdinand*; Hautman, par *S. Bernard*; Marolles et Lavoisin, par *Coypel*; Oudry, gravé par sa femme; Boudan et Patin, par *Lefebure*; Boucherat, par *Chauveau*, et autres par *P. Vallet*, 1608; *Ducanel*, 1709; *Le Lorrain*, 1742; *Restout* et *Boissieu.* Cet article sera divisé.

282 — Louis XI, Louis XIV, le duc d'Enghien, le prince de Condé, de Vendosme, de Schomberg, Louis de Bourbon, de Toiras. Dix portraits équestres, par *Montcornet.*

283 — *Mellan.* Anne d'Autriche, Richelieu, Mollé et autres personnages du règne de Louis XIII, célèbres dans l'église et la robe; Louis XIII recevant le Parlement, etc. Vingt-quatre pièces.

284 — *Du même.* Trente-six portraits : personnages français, époque de Louis XIII.

285 — Cent soixante-quatorze portraits des suites, édités par *Daret* et *Boissevin.*

286 — Deux cent dix-neuf portraits des suites, édités par *Montcornet.*

287 — Cinquante-quatre portraits édités par *Montcornet, Larmessin* et *Boissevin.*

288 — Seguier, Ch. de Laubespine, gardes des
sceaux, etc. Treize portraits par *Van
Merlen*, *Bazin*, *Landry*, *Grignon*, *R. Lochon*, *Daret*, *Roussel*, *Ragot*, *Gantrel* et
François.

289 — Quarante portraits de personnages français,
par des graveurs français, tels que *E. Moreau*, *1846*; *K. Audran*, *J. Picart*, *Grignon*, *J. David*, *G. Le Brun*, *Couvay*,
J. Briot, *Boullonnais*, *Frosne*, *Rousselet*,
L. Moreau, *Paul Roussel*, *I. Baronius*,
Daret, etc.

290 — *Masson*. Brisacier, Le Nôtre, Dormes-
son, etc. Cinq portraits.

291 — *Nanteuil*. Richelieu, Mazarin, Colbert, Seguier, Letellier, Perefixe, etc. Trente-
neuf portraits.

292 — *Nanteuil et Masson*. Quinze portraits.

293 — *Edelinck*. Colbert, Letellier, Léonard, Pascal, etc. Douze pièces.

294 — *Edelinck*. Dix portraits de personnages
français ; de ce nombre un par *Roullet*.

295 — *Drevet*. Robert de Cotte, Boileau, cardinal
Fleury, B. Keller, G. de Vintimille, etc.
Vingt-deux portraits.

296 — Bossuet d'après Rigaud, par *Drevet*.

297 — Louis XIV d'après Rigaud, par *Drevet*.

298 — *Drevet*. Cinq portraits.

299 — *Vanschuppen*. Neuf portraits.

5

300 — Vingt-deux portraits gravés par *Pitau*, *Audran*, *Lombart*, *Hainzelman*, *Roullet*, *Daullé*, *Regnesson*, *R. Lochon*, etc.

301 — Fénelon, Villeroy, le Régent, Henriette d'Angleterre, madame de Maintenon, etc. Quatorze portraits, par *Dufflos*, *Sauve*, *Lombart*, *Gallimard*, etc.

302 — Alexandre VII, Letellier, Angélique Arnauld, etc. Seize portraits, par *Roullet*, *Vanschuppen*, *Pitau*, *Boulanger*, etc.

303 — Quinze portraits, personnages français, gravés par *Humblot*, 1644; *Grignon*, *de la Roussière*, *P. Simon*, *Vouillemont*, *Rousselet*, l'enfant, la dame, etc.

304 — Le Régent, Ch. d'Orléans, Pardaillon, de Gondrin, etc. Quatre portraits, par *Chereau*, *Simoneau* et *Tardieu*.

305 — Le duc de Chartres, le duc de Penthièvre, Berton, etc. Onze portraits, par *Gaillard*, *Larmessin*, *Chevillet* et *Daulé*.

306 — Dix portraits, dont Pierre Corneille, gravé en 1663 par *G. Vallet*, d'après Paillet, N. Verien, par *Edelinck*, épreuve avant le nom du graveur, et autres portraits par *G. Edelinck* et *Drevet*.

307 — Quarante-cinq portraits, dont madame de Pompadour, madame de Graffigny, Mme Duchatelet, duchesse de Nemours, Molière, etc., gravés par *Mariette*, *Trouvain*, *Vermeulen*, *Saint-Aubin*.

308 — Cent trente-deux portraits des suites de
   Desrochers et *d'Odieuvre*.

309 — Portraits de Coypel , Hérault, Flisius, de
   Boze, Flamenville, Rabelais, Boudan,
   Delamothe, Bossuet, Delaroche, Harcourt, Gantrel, Loyson, etc. Vingt-
   quatre pièces gravées à la manière noire,
   par *Sarrabat, Bernard, Bouys,* etc.

310 — Cent vingt-deux portraits de personnages
   savants et artistes de la fin du XVIII⁰ siècle, dessinés par *Cochin*.

311 — Vingt-deux portraits de membres de a so
   ciété d'Apollon, par *Cochin*.

312 — Treize portraits d'hommes célèbres, gravés
   en manière noire, plusieurs imprimés en
   couleur, par *Dagoty*.

313 — *La Live de Jully*. Portraits d'hommes célèbres français. Vingt-sept pièces à l'eau-
   forte.

314 — Costume de messieurs et mesdames à la
   mode, par Bonnart. Cinquante-cinq pièces; plus cinq costumes, par Carmontel.

315 — *Wille*. Belidor et deux portraits de *J. G.*
   Wille, par Ingouf et Muller.

316 — *Wille*. Le comte de Saint-Florentin, d'après
   Tocqué. Epreuve avant le mot ministre,
   Houdancourt, avant la lettre, etc. Trois
   pièces.

317 — *Balechou*. Crébillon, etc. Quatre pièces.

318 — J.-B. Rousseau, Crebillon, Guérin, Berrier, Neuville, Lowendal, etc. Onze portraits, par *Balechon, Wille, Schmidt,* etc.

319 — Vingt-quatre portraits, par *Fiquet, Savart, de Marcenay.* Belles épreuves.

HISTOIRE DE FRANCE.

PORTRAITS DE PERSONNAGES FRANÇAIS DE TOUS ÉTATS.
FORMAT IN-FOLIO.

320 — A. n° 1. Quinze portraits : Jeanne-d'Arc, Anne d'Autriche, etc.

321 — Vingt-neuf portraits : Arnauld, Argenson, Alembert, etc.

322 — B. n° 1. Vingt portraits, dont Bayle.

323 — Vingt portraits : Jean Bart et Baron, etc.

324 — Vingt-six portraits : Bernis, Berton, Bignon, etc.

325 — B. n° 2. Vintg-neuf portraits : Boucherat, Boileau, Broglie, Buridan, etc.

326 — Vingt et un portraits : Broussel, Buffon, Boguau, etc.

327 — C. Vingt portraits : Colbert, etc.

328 — Vingt portraits : Condé, etc.

329 — Dix-huit portraits : Choiseul, etc.

330 — Trente-huit portraits : Catinat, Chauvelin, Castelnau, Castanier, etc.

331 — D. Vingt-neuf portraits : Descartes, Diderot, Ducis, etc.

332 — Vingt-cinq portraits : Dunois, Duperron, etc.

333 — E. F. Vingt portraits : Fouquet, Fleury, etc.

334 — Vingt portraits : Fénelon, d'Estrée, etc.

335 — Dix-neuf portraits.

336 — G. H. Vingt portraits : Henri IV, d'Hervilly, etc.

337 — Vingt portraits : Henault, d'Hozier, Harlay, Girardon, etc.

338 — Dix-sept portraits : duc de Gesvres, Gaultier, comte de Guerchy, comte de Guignes.

339 — I. J. K. Onze portraits : Juigné, Janson, Jaillot, Jordan, etc.

340 — L. Dix-neuf portraits : Louis XIII et Louis XIV.

341 — Vingt et un portraits : Louis dauphin et la dauphine.

342 — Douze portraits : Louis XV.

343 — Quinze portraits : Louis XVI et son exécution. Pièce rare.

344 — Trente portraits : Lachalotais, Lamothe, Lalande, Lachaussée.

345 — L. Vingt-cinq portraits : cardinal de Lorraine, Lesdiguières, Letellier, Le Lionne, etc.

346 — Vingt portraits : Lhopital, P. Lescot, 1655, etc.

347 — M. Dix-sept portraits : reines de France.

348 — Vingt-six portraits : Mazarin, Marillac, Maupertuis, Maroulles, etc.

349 — Trente-sept portraits : Montesquieu, Molière, Montluc, Moreri, etc.

350 — N. O. Trente portraits : Ph. d'Orléans, régent, Orry, Nouailles, Necker, etc.

351 — P. Q. Trente-six portraits : Pascal, les frères Paris, etc. Vingt-cinq portraits de Polignac, Poncet, Quinault, Quesnel, etc.

352 — R. Dix-sept portraits : J.-B. et J.-J. Rousseau, etc.

353 — Dix-neuf portraits : familles des Rohan, des Rostaing, etc.

354 — S. Trente portraits : Pierre Seguier, etc.

355 — Trente-neuf portraits : Sully, le maréchal de Saxe, Santeuil, R. Secousse, etc.

356 — T. Vingt-trois portraits : de Thou, Turenne, comte de Toulouse, etc.

357 — Vingt portraits : l'abbé Terray, Tallemant, etc.

358 — U. V. Vingt-quatre portraits : Vendôme, Villemonte, etc. Douze portraits, dont saint Vincent de Paul, par Baquoy.

359 — Trente portraits, dont Voltaire.

360 — Iconographie française, iconographie des contemporains de 1789 à 1820; célébrités contemporaines, orateurs chrétiens. Trois cent quatre-vingt-dix portraits avec *fac simile* d'écritures. Suites publiées par la maison Delpech.

361 — Personnages français, la plupart contemporains. Cinq cent dix portraits lithographiés et classés de la lettre A à Z.

HISTOIRE DE FRANCE.

PORTRAITS DE FORMAT IN-8° CONTENUS DANS DES CARTONS

BOÎTES.

361 *bis*. A. Boîte n° 1. Deux cent quatre-vingt dix-huit portraits.

362 — B. Boîte n° 1. Deux cent quarante-trois portraits.

363 — Boîte n° 2. Deux cent trente-quatre portraits.

364 — Boîte n° 3. Trois cent cinquante-cinq portraits.

365 — C. Boîte n° 1. Deux cents portraits.

366 — C. Boîte n° 2. Trois cent quatre-vingt-dix-huit portraits.

367 — C. Boîte n° 3. Trois cent treize portraits.

368 — C. Boîte n° 1 contenant deux cent dix-neuf portraits de rois de France, depuis Charles Martel jusques et y compris Charles IX.

369 — D. Boîte n. 2. Deux cent soixante portraits.

370 — D. Carton n. 1. Deux cent quarante-quatre portraits.

371 — E. Boîte n. 1. Cent portraits.

372 — F. Boîte n. 1. Trois cent vingt-six portraits.

373 — G. Boîte n. 1. Deux cent quatre-vingts portraits.

374 — H. Boîte n. 1. Trois cent dix-neuf portraits dont ceux de Henri II à Henri IV.

375 — I. et J. Boîte n. 1. Cent soixante-quinze portraits.

376 — K. L. Boîte n. 1. Cinq-cent cinq portraits.
— Boîte n. 2. Deux cent soixante-dix portraits.
— Boîte n. 3. Quatre cent quarante-trois portraits.

377 — L. Boîte n. 1. Trois cent vingt-six pièces. Louis XIV, Louis XV, Louis XVI, Louis XVII, Louis XVIII et Louis-Philippe Ier, et divers sujets sur les événements de leur règne.

378 — Louis XIV. Plusieurs portraits et scènes historiques relatifs à son règne. Trente-trois pièces gravées du temps.

379 — Louis XV, le Dauphin. Portraits de Damiens, etc. Treize pièces.

380 — Boîte n. 1. Trois cent deux portraits.

381 — Boîte n. 2. Deux cent quarante-huit portraits.

382 — Boîte n. 3. Deux cent quarante-deux portraits.

383 — N O. Boîte n. 1. Cent soixante-dix-neuf portraits. Famille d'Orléans.

384 — P. Boîte n. 1. Deux cent trente-neuf portraits. Les Diacres, Paris, et leurs miracles.

385 — Boîte n. 2. Deux cent quatre-vingt-trois
portraits.

386 — R. Boîte n. 1. Cent quatre-vingt douze
portraits.

387 — Boîte n. 2. Cent quatre-vingt-quatorze
portraits.

388 — s. Boîte n. 1. Cent cinquante-un portraits.

389 — Boîte n. 2. Deux cent dix-sept portraits.

390 — T. U. Boîte n. 1. Deux cent trente-cinq
portraits.

391 — v. Boîte n. 1. Trois cent quarante-sept
portraits, ceux de Voltaire et divers sujets le concernant.

PORTRAITS

DE PEINTRES, GRAVEURS SCULPTEURS, ARCHITECTES, ETC.,
FRANÇAIS ET ÉTRANGERS.

392 — *Ecole française.* Portraits d'artistes, dont
Simon Vouet, par *Perrin*, Watteau, par
Boucher, d'Azincourt, par *Moyreau*, Per-
ronet, par *Desprez*, Liotard, par lui-
même, et les portraits de Lafleur, Le
Paultre, S. Bernard, Chardin, Lantara,
Puget, etc. Vingt-trois pièces.

393 — Portrait de Jacques Stella, gravé à l'eau-
forte, par C. Stella. Belle épreuve.

394 — Cinquante-neuf portraits in-folios des peintres, sculpteurs, graveurs et amateurs
qui composaient l'ancienne Académie de
peinture de 1699 à 1700.

394 — *Architectes français.* Mansard, Keller, de
Pilles, Perronet, Constant d'Ivry, etc.
Dix-neuf portraits.

395 — *Sculpteurs français.* Puget, Guillain, Le
Lorrain, Van-Clève, Sarrazin, Coyzevoix,
Girardon, etc. Dix-neuf pièces.

396 — *Portraits de graveurs.* Pesne, Callot, Masson, Chauveau, Edelinck, etc. Neuf portraits.

397 — *Peintres étrangers.* Raphaël, André del
Sarte, Rembrandt, Wouvermans, Teniers, Dietricy, etc. Douze pièces.

398 — Quarante-cinq portraits de peintres, sculpteurs et graveurs.

ACTEURS ET ACTRICES.

399 — *Acteurs et actrices* de l'ancien théâtre de
l'hôtel de Bourgogne, du Théâtre-Fran-
çais de l'Académie royale de musique,
etc., dont Gautier Garguille, Gros Guil-
laume, Gandolein, Dancourt, Préville,
Crépin, Dumirail, mesdames Thérèse
Villette, Maillard, Clairon, Colombe,
etc. Trente neuf portraits. Rares.

400 — Brizard, Lekain, Mollé, mesdames Clairon,
Pelissier, Sallé, etc. Douze portraits
d'acteurs et d'actrices de la Comédie
française et de l'Académie royale de musique avant l'année 1800.

401 — *Acteurs dramatiques* des théâtres de Paris.
Trente pièces lithographiées.

402 — *Acteurs et actrices* avant le dix-neuvième
siècle représentés dans divers rôles. Quarante-cinq pièces gravées en couleurs,
par *Janinet*.

PORTRAITS FRANÇAIS.

GRAVÉS ET LITHOGRAPHIÉS, DE 1780 A 1845.

403 — Quatre - vingt - huit portraits, Généraux,
hommes de lettres, etc., gravés de 1780
à 1800.

404 — Cent quatre-vingts portraits lithographiés
de personnages français la plupart contemporains. De la lettre A à z.

405 — Cinq cent trente-six portraits des personnages français de tous états anciens et
modernes, gravés et lithographiés dans
le dix-neuvième siècle.

406 — Cent cinquante portraits des membres de
l'Académie, lithographiés par Boilly.

407 — Quatre portefeuilles et un paquet de portraits divers non classés.

Portraits de Personnages étrangers.

FORMAT IN-FOLIO.

ITALIE.

408 — Quatre-vingt-deux portraits de papes, des
Médicis, artistes, conclaves, etc., du XVe
au XVIIIe siècle.

PAYS-BAS.

409 — Comte de Flandre, 35 portraits. — Comte
de Nassau, 48 portraits. — Aremberg,
Isabelle, Ferdinand d'Autriche, etc. —
7 portraits d'après Van Dyck. — Bou-
ma, Philippe Ier et sa femme, 10 portraits, par Suyderohëff, Fruitiers, R. Co-
lin, etc. — Portraits, divers Hollandais,
Houbraken, P. de Jode, etc. Cet article
sera divisé.

410 — HISTOIRE D'ANGLETERRE. Elisabeth, par Hon-
dius, 1632, Marie Stuart, par Couvay,
Cromwel en buste, par Lombart, etc.

411 — La reine Elisabeth d'Angleterre. Elle est re-
présentée tenant les insignes de la royauté,
et assise sur un riche trône surmonté des
armes d'Angleterre et de chaque côté du
trône des petits écussons tenus par des
lions dans lesquels on lit les lettres E R.,
sont-ce les initiales du graveur qui n'est
pas nommé. Des figures allégoriques à la
science et des ornements dans le goût

de l'école de Fontainebleau entourent le portrait. Au bas une cartouche où se lit six lignes d'écritures , *Clemens*.... *Perrcin*. An° Dni , 1579. Belle pièce , in-fol. Elle est très rare.

412 — *Histoire d'Angleterre.* Douze portraits dont Charles Ier , Jacques III , Marlborough, Georges II, Pitt, etc.

413 — Vingt-six portraits gravés, dont Garick, à la manière de personnages anglais, d'après des peintres et par des graveurs anglais.

414 — Dix-sept portraits, dames anglaises , gravés à la manière noire.

415 — Trente portraits de dames de la noblesse d'Angleterre, gravés en manière noire , d'après P. Lely et Kneller.

416 — Huit portraits , noblesse d'Angleterre, gravés en manière noire, d'après *Reynolds*.

417 — Portraits gravés en manière noire, d'après Kneller, P. Lelly, Reynolds et autres.

418 — Cinquante-deux portraits de personnages anglais des XVe, XVIe et XVIIe siècles , gravés d'après Van-der-Weff, p ar*Drevet* les *Audran*, etc., pour l'histoire d'Angleterre de La Rey.

419 — Histoire d'Allemagne. Quatorze portraits par *Van Sompelen*.

Dix-neuf portraits gravés en manière noire.

Quarante et un portraits de personnages des quinzième , seizième et dix-

septième siècles, souverains, etc. Vingt
portraits dix-septième et dix-huitième
siècles.

420 — *Danemark*, 5 portraits dont Christian VI.
— *Espagne*, 22 portraits, Charles II,
Charles III, Charles IV et Charles V.
Pologne, 9 portraits, Wladislas IV, Sigis-
mond III, Kosciusko. — *Russie*, Catherine, Menschikow, Alexandre. — *Suède*,
10 portraits, Gustave Adolphe.—*Orient*,
3 portraits. — *Amérique*, 21 portraits,
Franklin, Washington, etc.

PORTRAITS IN-8°.

421 — *Histoire d'Angleterre*. De la lettre A à z.
Sept cent quatre-vingt-sept portraits.
422 — *Italie*. Etat du Pape. Papes et cardinaux.
trois cent quatre-vingt-un portraits.
423 — La Toscane et la Sardaigne, et autres Etats
du Nord de l'Italie. Trois cent quatre-
vingts portraits.
424 — Cent soixante-douze portraits de divers
Etats d'Italie.
425 — Empereurs et impératrices romains. Trois
cents portraits.
426 — *Espagne et Portugal*. Cent cinquante portraits.
427 — *Allemagne*. Cent soixante-douze portraits
des empereurs d'Allemagne. A à z.

428 — Cinquante-neuf portraits d'archiducs et ar-
chiduchesses. A à z.

429 — Soixante - neuf portraits de divers Etats
d'Allemagne. A à z.

430 — Cent sept portraits pour l'empire d'Autriche. A à z.

431 Deux cent cinquante portraits de divers états
d'Allemagne. A à z.

Cent quatre-vingt-dix portraits : A à z.
Suisse, Suède, Danemark.

433 — *Suisse.* Cent trente-quatre portraits.

434 — *Suède.* Quatre-vingt-quatorze portraits.

435 — *Danemarck.* Quarante et un portraits.
Pays-Bas, Hollande, Belgique.

436 — Trois cent vingt-cinq portraits dont les
comtes de Flandres et les Nassau.

437 — Deux-cent cinquante-deux portraits divers,
A à z.

RUSSIE ET POLOGNE,

438 — Cent quatre-vingt-quinze portraits dont sou-
rains depuis Pierre Ier jusqu'à Alexandre.

439 — Cent vingt-cinq portraits pour la Pologne.

440 — Vingt-neuf portraits sans noms de personnages.

Pièces historiques sur l'histoire de France,

RÈGNES DE LOUIS XIV, LOUIS XV, LOUIS XVI, LA RÉPUBLIQUE ET L'EMPIRE, PORTRAITS DE NAPOLÉON ET SA FAMILLE, CARRICATURES POLITIQUES, COSTUMES, ETC.

441 — Histoire des ducs de Bretagne. Vingt-trois pièces gravées par *Pitau*. Plus sept pièces des funérailles de Charles de Lorraine à Nancy.

442 — Thèses dédiée à Louis XIV, à Boucherat et et autres personnages, ministres, théologiens, etc. Quinze pièces.

443 — Grands portraits de Louis XIV, Louis XV, princes étrangers, etc. Dix-sept pièces.

444 — Pièces historiques et portraits divers des règnes de Louis XIV et Louis XV. Quinze pièces in-folio.

445 — *République française*. Assassinat de Marat, portraits de Charlotte Corday et généraux de la République, représentés en pied.

446 — *République française*. Assassinat de Marat et son portrait, assassinat de Le Pelletier, Bœuf à la Mode, le Porte-Drapeau de la République, etc. Neuf pièces.

447 — Duc d'Orléans, d'après Reynolds, Necker, par Saint-Aubin, monument à Desaix, par Lélu, généraux en pieds de la République. Seize pièces in-folio.

448 — Pièces historiques sur la Révolution de 1789 et l'Empire. Huit pièces.

449 — L. Portefeuille contenant des batailles et pièces historiques.

450 — Portraits de Napoléon à diverses époques de sa vie. Deux cent sept pièces.

451 — Portraits de ses frères, et divers sujets sur Napoléon, son séjour à Sainte-Hélène, sa mort, etc.

452 — Portraits de Joséphine, dix-neuf pièces de Marie-Louise, trente-huit du roi de Rome, et du duc de Reichstadt, vingt-trois.

453 — Caricatures politiques de 1814 à 1815, contre Napoléon, contre les alliés, contre les Anglais. Cent treize pièces. Plus trois pièces, jeu de la Drogue, par H. Vernet, et cinq pièces, par Marlet.

454 — Un portefeuille contenant des costumes de l'Empire et costumes de modes, etc.

455 — Quarante-quatre dessins, fêtes publiques, etc.

456 — Caricatures et évenements politiques, costumes, scènes de mœurs, etc. Cent vingt-neuf pièces.

Topographie de France et d'Italie.

457 — Portefeuille n. 1, contenant des cartes des Gaules, de la France, etc.

4

458 — Un lot d'anciennes cartes et atlas géographiques.

459 — A et B. Arras, Bordeaux, etc.

460 — C. Caen, Chambord, etc.

461 — E I. Vues diverses sous ces deux lettres.

462 — L. Languedoc, Lyon, etc.

463 — M N. Malmaison, Nancy, etc.

464 — P. Trois portefeuilles pour *Paris*. Plans de Paris de Defer, divers autres plans de Paris, sous Louis XIII et Louis XIV.—Eglises et paroisses, ponts, portes, places, fontaines, Palais, les Thermes, le Louvre, les Invalides, etc. Hôtels et maisons de Paris.

465 — O P Q R. Orléans, Rouen, Rambouillet, etc.

466 — Lettre s à y, dont Strasbourg.

467 — Un portefeuille contenant des vues de châteaux de France, par Perelle, et pièces détachées de diverses galeries.

468 — Trente-cinq pièces, vues de Rome, et candelabre, par Piranèse.

469 — Un portefeuille contenant des plans, monuments et vues de villes d'Italie.

Estampes diverses sur l'histoire ancienne.

470 — Portefeuille contenant des portraits et vignettes pour l'Histoire ancienne, ancien et nouveau Testament, histoire lit-

téraire de la Grèce, grands hommes de l'antiquité.

471 — Vingt-sept portraits divers dont les Césars; gravés par les Sadeler.

572 — Trois portefeuilles contenant divers portraits et sujets sur les Pères du Désert, histoire romaine littéraire, etc.

473 — *Saints* et *saintes.* Dix-sept apôtres par *Pitau*, et saint Benoît, par le même. Treize apôtres d'après Lucas Ciamberlano. Quarante-un saints, par divers artistes.

474 — Une liasse de brochures, catalogues, notes diverses sur les beaux-arts, sur les graveurs, etc.

475 — Tous les articles omis.

OBJETS DE CURIOSITÉ

Qui seront vendus le Lundi 10 Mai, à 3 heures.

476 — Une urne cinéraire en bronze, avec bas-reliefs, par Jean Cousin, ayant renfermé le cœur de Bayard, commandée par François Ier, d'après la note de M. Alex. Lenoir.

477 Un petit buste de Mirabeau, en bronze, sur socle en marbre griotte d'Italie.

478 Deux petits bustes : Henri IV et Catherine de
Médicis; bronzes anciens.

479 — Quatre anciens vitreaux ronds, peints en
grisailles.

480 — Cinq fragments d'anciennes cloches en cuivre, avec bas-reliefs.

481 — Deux verroux du château d'Ecouen, et une
belle clef en fer.

482 — Deux Cimbales, ancienne fonte de cuivre.

483 — Quatre lampes, trois figurines et deux vases antiques en terre cuite.

484 — Une coupe antique en terre de Nola, et plusieurs pièces en bronze, telles que bra-
celets, agrafes, fibules etc., également
antiques.

485 — Corneille et Molière, bustes en marbre
blanc.

486 — Un beau portrait en pied de Bossuet, d'une
parfaite exécution et bien ressemblant.

487 — Une terre cuite, sujet d'un géographe.

488 — Une terre cuite, autre sujet.

489 — Trois bustes en terre cuite.

490 — Le buste de Boileau Despreaux, en terre
cuite, d'une parfaite exécution.

491 — Deux vases à goudrons en porphyre rouge
oriental.

492 — Un modèle de bénitier en terre cuite, exé-
cuté par M. Bion.

493 — Combat de deux chiens, en terre cuite.

494 — Esquisse d'un monument des derniers ins-
tants de Turenne.

495 — Buste en terre cuite, par Rassimus 1769.

496 — Le buste de Jean Jacques-Rousseau en terre
cuite, par Martin.

497 — Portrait d'un abbé.

498 — Portrait d'Henri IV.

599 — Deux buires et deux bustes en albâtre.

500 — Un portrait en terre cuite et un autre en
marbre blanc.

501 — Deux bustes en plâtre de Buffon et de sa
fille.

502 — Un grand bureau à quatre faces en bois noir
avec filets et ornements en bronze.

503 — Un *idem* en bois de rose orné de bronzes.

504 — Un petit cabinet à tiroirs en bois de palis-
sandre et ébène, orné de filets et plaques
en ivoire gravées, représentant divers
sujets de l'ancien testament.

505 — Une boîte contenant un fragment du cer-
cueil de Sully.

Idem d'Héloïse et d'Abeilard.

Idem du duc d'Enghien.

Idem de Jean-Jacques Rousseau, de Molière,
de Lafontaine de Boileau Despréaux et
du cardinal de Lorraine.

Des bandelettes de momie.

Une pierre de la Bastille.

Plusieurs autres objets ayant appartenu à
l'empereur Napoléon, avec une note

authentique de M. Alex. Lenoir, ancien
conservateur des monuments français.

506 — Un petit coffre en filigrane de verre.
507 — Un nécessaire et un couvert chinois.
508 — Une râpe à tabac en ivoire sculpté et une
loupe.
509 — Une arquebuse garnie en ivoire.
510 — Un arc et une lance.
511 — Un yatayan, garniture en cuivre.
512 — Un casse-tête en pierre et deux instruments
de sauvages, en bois.
513 — Une collection de médailles en bronze antique et moderne, dont des grands
médaillons avec portraits historiques qui
seront divisés.
514 — Un morceau de cristal de roche, une boule
en agathe et plusieurs autres cailloux
d'Egypte, etc.
515. — Collections de coquilles et de minéraux qui
seront détaillés.

4025   Imprimerie Maulde et Renou, rue Bailleul, 9-11.

www.ingramcontent.com/pod-product-compliance
Lightning Source LLC
Chambersburg PA
CBHW061652180626
46818CB00003B/1064